El huerto del abuelo

escrito por Stella Fry

ilustrado por Sheila Moxley

Barefoot Books
step inside a story

—¿Ya es primavera, abuelo? ¿Podemos comenzar?

Los días son aún cortos y la luz es tan punzante como el jugo de limón. Pero aquí y allá pequeñas lanzas verdes perforan la tierra. Ya pronto saldrán los narcisos.

Bien abrigado con gorro y guantes, le piso los talones al abuelo en dirección del huerto al final del jardín.

Intento cavar, pero el suelo está muy duro.

—No sirve de nada, abuelo. ¡Todo está muerto!

Él sonríe y en sus ojos se asoma el verano.

—Está dormido, Billy. ¡Ven a ver!

Basta un corte de su pala para poder ver el interior del suelo. Escarabajos, insectos y lombrices se afanan en descomponer la tierra.

—¡Mira cómo trabajan! —dice el abuelo—. ¿Los ayudamos?

Así que cavamos y cavamos.

Me ruge el estómago de tanto cavar. El abuelo
dice que la tierra también tiene hambre
al despertarse del largo reposo.

—Tenemos que
alimentarla o no
crecerá nada.

A lo largo del año, él ha cocinado una pila humeante de compost. Nada se desperdicia: los restos de verduras, los recortes de césped, las hojas caídas. Y ahora es algo rico, oscuro y dulce, ya listo para ponérselo a nuestro bancal de verduras.

Y después esperamos.

Es difícil esperar.

Ya hace más calor y hay más luz.

Las hojas se desarrugan, suaves y sedosas,

en los árboles que lentamente se despiertan.

El abuelo desmenuza la tierra como si fuera pastel de chocolate.

—¿Listo, Billy? Llegó la hora de sembrar.

Peinamos la tierra con el rastrillo hasta dejarla lisa,
y marcamos líneas con palitos y cuerda. Hay que tener dedos
cuidadosos para meter en la tierra las semillas de los guisantes,
los frijoles y las calabazas.

Sembramos las zanahorias en hileras ordenadas. Pero me
gusta esparcir en la brisa las semillas de lechuga. El abuelo dice
que brotarán donde caigan.

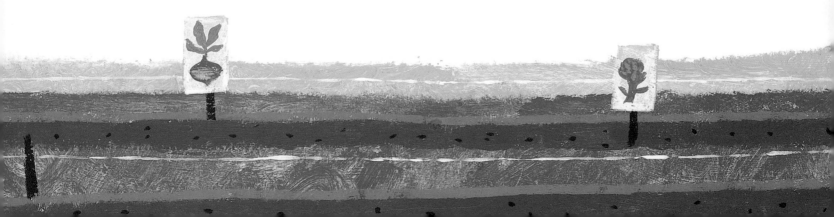

El abuelo había puesto a germinar las papas.

Las enterramos y apretamos la tierra a su alrededor.

Y después esperamos.

Es difícil esperar.

Todos los días corro a ver, pero no hay nada.

—Abuelo —me lamento—, ¿por qué tarda tanto?

—Paciencia, Billy —dice sonriendo el abuelo—.
Las cosas buenas se toman
su tiempo. Solo por esta vez
te dejaré echar un vistazo.

Un tipi indica el lugar donde hace unas semanas sembramos los frijoles. Escarbo con mis dedos. Un tironcito y sale una plantita, con todo y sus tiernas raicillas. ¡Y mira! Otro brote se asoma a la luz.

—¡Eso es! —dice el abuelo—. ¡Ya casi!

Pero aun así, ¡es difícil esperar!

El abuelo me asigna tareas para pasar el tiempo.

Aquí, con mi regadera, soy un hacedor de lluvia, un exprimidor de nubes, rociando arcoíris en la sedienta tierra.

Y ahora, como por arte de magia, estalla la primavera y todo crece.

¡Pero las plantas corren peligro!

—¡Mira lo que pasó, abuelo! ¡Ven aquí!

¡Oh, no! ¡Nos están robando en el jardín! Descubro babosas y caracoles resbaladizos. ¡Y también orugas! Y veo pulgones y moscas negras dándose un festín de tiernas y delicadas hojitas. No podemos esperar. No hay tiempo que perder.

Pero el abuelo no parece estar preocupado.

—Mira a tu alrededor, Billy —dice—. Dime qué ves y cómo pueden proteger el huerto. Pero no hagas ruido.

Empiezo a explorar silenciosamente. Hallo ranas hambrientas y erizos dando resoplidos.

Hay mariquitas perezosas y sírfidos de alas transparentes.

Y también veo un grupo de pájaros de mirada alerta
que salen de los árboles a buscar su cena.

—Son los mejores amigos que pudiéramos tener —dice el abuelo.

¡Y tiene razón! Nuestros amigos nos ayudan a
controlar los insectos. Y el abuelo sabe
algunos trucos.

Todo crece ahora bajo el sol del verano,
trepando y peleando por el espacio.

El abuelo me enseña cómo arrancar las plantas más débiles,
así como las glotonas malas hierbas. Les hacemos un hueco a
las plantitas de tomate, pepino y fresa que el abuelo
había sembrado en el invernadero.

¡Ya ha llegado por fin el momento de la cosecha!
Hay mucho trabajo. Cavamos y recolectamos.
No tardo en llenar la cesta, y mi boca
florece de rojo con el jugo de las fresas.

Pero al abrir una vaina de guisantes descubro que las orugas se me habían adelantado.

—Esa es para el compost —dice el abuelo—. Tenemos muchas más.

El abuelo deja algunos guisantes y frijoles sin recolectar.

Las vainas se asan bajo el sol veraniego hasta crepitar y abrirse.

Juntos los sacamos y los ponemos en bolsas de papel.

—Estos son para la cosecha del próximo año —dice
el abuelo—. Siempre siembro de más.

El sol se apaga, tan suave como un durazno maduro. El abuelo y yo hacemos una hoguera para asar papas y calentarnos los pies. El abuelo bebe té de su termo y yo intento tragarme los bostezos. El otoño adormece la tierra y no tardará en llegar el invierno. Pero le seguirá la primavera, y ahí estaremos el abuelo y yo para darle la bienvenida.

¡No puedo esperar!

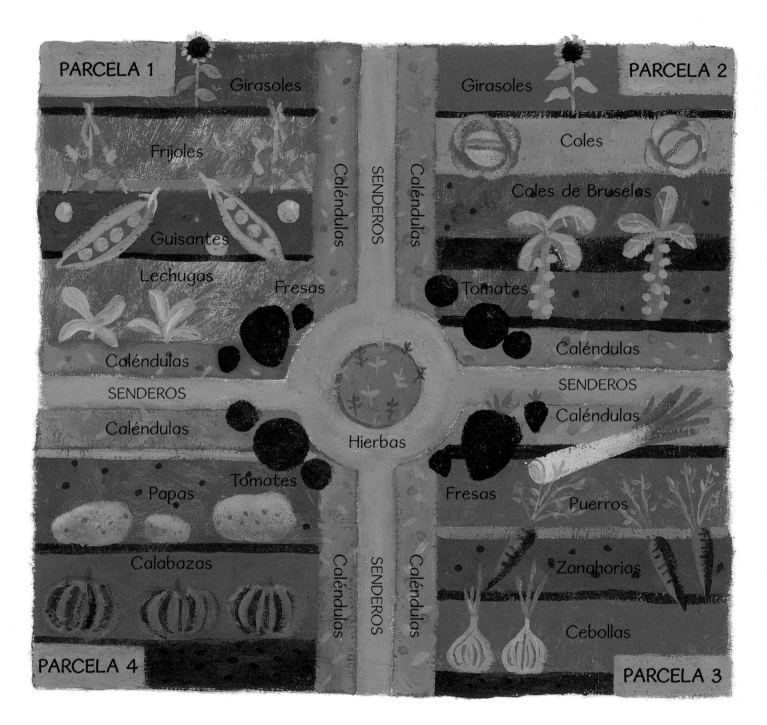

PARCELA 1

Girasoles

Frijoles

Guisantes

Lechugas

PARCELA 2

Girasoles

Coles

Coles de Bruselas

PARCELA 3

Puerros

Zanahorias

Cebollas

PARCELA 4

Papas

Calabazas

SENDEROS

Caléndulas

MACETAS

Fresas

Tomates

El plan para tu huerto

PARCELA 1

A los frijoles y guisantes se les conoce también como legumbres.
Les gusta trepar por cañas de bambú o por mallas.

PARCELA 2

Las coles y coles de Bruselas son plantas del género *Brassica*.
Crecen mejor si antes de sembrarlas se le añade cal a la tierra.

PARCELA 3

A los puerros, las zanahorias y las cebollas les gusta la tierra muy rastrillada.
Se cree que el olor a cebolla protege a las zanahorias de la mosca de la zanahoria.

PARCELA 4

Las papas y las calabazas son fáciles de cultivar, y se pueden guardar para que
sirvan de alimento en los meses de invierno.

MACETAS

Las hierbas aromáticas, las fresas y los tomates crecen bien en macetas.

ROTACIÓN DE CULTIVOS

Divide tu huerto en parcelas y rota anualmente lo que siembras en cada parcela.
Esta práctica (rotación de cultivos), mantiene las plantas saludables porque rompe
el ciclo de vida de las plagas. Esto evita enfermedades, mantiene la fertilidad de
la tierra (llena de nutrientes) y facilita el trabajo. Las plantas que tienen raíces
profundas deshacen el suelo. Algunas plantas como las frambuesas, las hierbas
aromáticas y los manzanos crecen bien en el mismo lugar cada año. Cambia la
tierra de las macetas cada vez que plantes algo en ellas.

El invierno del abuelo

El abuelo se pasa los meses más fríos del invierno preparando el huerto para la primavera y planificando todas las cosas ricas que quiere cultivar. Todavía quedan algunas verduras en el huerto (coles de invierno, puerros y coles de Bruselas), y a finales del invierno hay que podar las ramas de las frambuesas del pasado otoño. El abuelo cava los bancales y alimenta la tierra con compost y estiércol.

Al acercarse la primavera, al abuelo le gusta poner a germinar algunas semillas en su invernadero, que es un sitio cálido. No tardan en brotar las plantitas en el semillero. Cuando llegue el buen tiempo, serán fuertes y podrán estar afuera. El abuelo guarda las papas en lugares oscuros, pero pone las que va a sembrar bajo la luz para que germinen.

Las tareas del invierno

 Planifica tu huerto. Cada tipo de planta tiene distintas condiciones de cultivo. Si divides el huerto en tres o cuatro parcelas y rotas los cultivos cada año, te aseguras de que cada tipo de planta reciba los nutrientes que necesita.

 Añade estiércol bien descompuesto o compost a la tierra de las parcelas 1 a 4 para que las legumbres, papas y calabazas del año siguiente obtengan del suelo todos los nutrientes que necesitan. Al remover la tierra del huerto durante el invierno también la expones a las heladas, lo cual ayuda a descomponerla y mejorar su estructura. Cuando haga más calor, se pueden sacar las piedras y malas hierbas.

 Al final del invierno, siembra algunas semillas (por ejemplo, de puerros, cebollas tomates y nabos) en el interior para que puedas trasplantarlas afuera más adelante. No importa que no tengas un invernadero. Una ventana que reciba la luz y el calor del sol te servirá. También hay mini invernaderos en los que las plantitas se dan bien. Esparce las semillas uniformemente en bandejas poco profundas con compost especial para semillas humedecido. Cúbrelas con una capa delgada de tierra y rotula las bandejas para saber lo que has sembrado en ellas.

Para adelantar trabajo, pon las papas que guardaste para semilla en bandejas (los cartones de huevos valen para eso). Déjalas en un lugar seco e iluminado hasta que germinen.

La primavera del abuelo

Desde que calienta un poco, el abuelo comienza a sembrar las semillas afuera. Pone las cebollas en hileras y entierra las papas en surcos. Durante el día, saca los semilleros del invernadero para que se vayan aclimatando hasta que se puedan trasplantar a la tierra. A las plantitas del semillero no les gusta el viento frío ni las heladas. El abuelo siembra girasoles, caléndulas y hierbas aromáticas entre las verduras para crear ambientes propicios para los insectos beneficiosos. Además, ¡decoran el huerto!

En primavera, puedes sembrar guisantes, frijoles, maíz, zanahorias, remolacha, calabazas y calabacines directamente afuera. Aunque ya haga más calor, las plantitas más delicadas, como los pepinos y los chiles, empiezan la vida en el invernadero del abuelo.

Las tareas de la primavera

Siembra las papas en la tierra en surcos de 30 pulgadas de distancia unos de otros. Deja de 10 a 15 pulgadas de distancia entre cada papa. Tan pronto como aparezcan las primeras hojas, cubre las plantas con tierra de ambos lados del surco hasta formar un lomo largo de tierra. Esto evita que el sol ponga verde a las papas y no se puedan comer. También puedes cultivar papas en macetas.

Las delicadas plantitas de los semilleros del invernadero necesitan más espacio para crecer. Plántalas con cuidado en macetas más grandes con otro compost. Puedes usar un tenedor viejo para levantarlas por debajo de sus raíces. Agárralas suavemente de las hojas, no de los tallos. Cuando los días sean más cálidos, saca tus plantas del invernadero (cada día por más tiempo) para que se acostumbren al exterior.

Siembra los frijoles y los guisantes directamente en la tierra; son semillas grandes. Si las remojas en agua durante varias horas, germinarán antes. Necesitan algo para trepar, así que, primero que nada, haz tipis para los frijoles (plántalos a 8 pulgadas de distancia) y entierra en el suelo varas llenas de ramitas para los guisantes (deja unas 2 pulgadas entre cada guisante). Si siembras calabazas, recuerda que necesitan mucho espacio para extenderse.

Esparce ligeramente las semillas de zanahoria en hileras entre las cebollas para ahuyentar a los insectos dañinos. ¡Cubre tu siembra con malla para protegerla de las plagas!

El verano del abuelo

Ahora el abuelo no para. Riega las plantas y arranca las malas hierbas desde que amanece hasta que anochece, pero aun así saca tiempo para disfrutar de su maravilloso huerto. A las plantas glotonas, como los tomates, les gusta que las alimenten con sopa de algas marinas. Cuando los días se hacen más largos y cálidos, el abuelo puede comenzar a recolectar todas las cosas ricas que sembró. Hay tanto que recolectar que le cuesta mantener el ritmo. Lo mejor es comerse las frutas y verduras maduras en el momento, pero el abuelo congela lo que sobra o hace conservas.

Hay cultivos que se pueden almacenar. El abuelo guarda las papas en sacos grandes y pone las zanahorias y otros tubérculos en cajas de madera con arena. Seca al sol las cebollas durante varios días y después las trenza de las hojas y las cuelga hasta necesitarlas. Siempre hay suficiente para compartir con los amigos y familiares.

Las tareas del verano

 Cuando ya no haya riesgo de heladas, planta las plantitas en el exterior. Casi todas las variedades de tomate (no las de arbusto) necesitan una vara o caña para trepar. Usa cordel de jardinería para sujetar el tallo principal. Si bien a los tomates les gusta el abono, no los abones hasta que no empiecen a florecer. De lo contrario, ¡solo te darán hojas! También tienes que quitarles los brotes laterales que les salen entre el tallo principal y las ramas. Cuando tengas de 4 a 5 racimos de tomates en cada planta, despunta la planta para que los tomates crezcan. Si no tienes mucho espacio, puedes cultivar tomates *cherry* en cestas colgantes.

 Arranca algunas plantitas para que tengan más espacio entre ellas para crecer. Los brotes de remolacha, lechuga y espinaca son deliciosos en ensaladas, así que, ¡aprovéchalos!

 ¡Las malas hierbas también se dan muy bien en el verano! Arráncalas (hazlo con frecuencia y no dejes ninguna raíz) para que no les roben humedad y nutrientes a tus verduras. Los agricultores usan una herramienta llamada azada para sacar las malas hierbas que crecen entre las hileras de verduras, pero tú puedes arrancarlas a mano. Procura que las hierbas como el diente de león no lleguen a esparcir sus semillas.

Recolecta los guisantes y frijoles con frecuencia para que tus plantas den más. Pon las vainas vacías en la pila del compost.

El otoño del abuelo

Ya hace frío por la mañana y al anochecer. Pero todavía hay mucha actividad en el huerto del abuelo, y las calabazas brillan como linternas en sus enredaderas. Cuando las plantas mueren, el abuelo las añade a la compostera, pero guarda las semillas para secarlas y sembrarlas al año siguiente. Hay que lavar y secar bien las semillas de ciertas plantas, como los tomates y las calabazas, para que no se pudran. El abuelo envuelve las manzanas en papel periódico para que no se rocen y dañen, y las coloca en bandejas.

El abuelo limpia y aceita el rastrillo, la pala y el trinche, y los cuelga en el cobertizo, ¡pero no suele ordenar el huerto! Los animales necesitan lugares seguros para esconderse durante los meses más fríos y los hambrientos pájaros se dan un festín con las cabezas secas de los girasoles.

Las tareas del otoño

 Siembra cultivos como la col de hoja y el ajo en el otoño. Si siembras las habas ahora, tendrás una cosecha temprana y quizás las logres proteger de la mosca negra. Los árboles y arbustos frutales jóvenes necesitan tiempo para desarrollar raíces fuertes antes de las primeras heladas y del cortante viento invernal.

 Pon orden en el huerto. Después de la cosecha, saca las plantas secas y añádelas a la pila del compost. Lava las macetas y limpia tus herramientas.

 Deja lugares para que se refugien los animales en los meses fríos. A las ranas y sapos les gustan las pilas de leña; incluso les basta con unos pocos troncos. Estos también les sirven de "hogar" a insectos beneficiosos como las mariquitas, las crisopas y los abejorros. Si haces una hoguera, asegúrate de que no haya ningún erizo escondido entre la leña.

 ¡Guarda algunas semillas para el huerto del año siguiente! Los guisantes y frijoles son adecuados para eso. Espera a que las vainas se hayan secado y al sacudirlas puedas oír el repiqueteo de las semillas. Si metes la vaina en una bolsa de papel, podrás recoger todas las semillas aunque se rompa la vaina. Las semillas de los tomates maduros se tienen que lavar con cuidado (tienes que sacarles toda la carne gelatinosa que tienen alrededor), y luego secar rápidamente. Guarda tus semillas en botes bien cerrados en un sitio fresco y seco. No te olvides de rotular con claridad los botes.

Barefoot Books
2067 Massachusetts Ave
Cambridge, MA 02140

Diseño gráfico de Louise Millar, Londres
Separación de colores por B & P International, Hong Kong
Impreso en China en papel 100 por ciento libre de ácido
La composición tipográfica de este libro se realizó en
Amulhed, Aunt Mildred y Neu Phollick Alpha
Las ilustraciones se prepararon en pasteles al óleo

Edición en rústica en español ISBN 978-1-64686-033-3

Información de la catalogación de la Biblioteca del Congreso
para la edición en inglés puede encontrarse en
LCCN 2006026852

Traducido por María A. Pérez

1 3 5 7 9 8 6 4 2

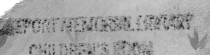